Einaudi Tascabili. Classici moderni
1060

Dello stesso autore nel catalogo Einaudi

Il giardino dei Finzi-Contini

Giorgio Bassani

Una notte del '43

Einaudi

www.einaudi.it

ISBN 88-06-16392-2

Una notte del '43

Che devo dirvi, le visioni sono spaventose, ma anche la vita è spaventosa. Io, mio caro, non capisco la vita e ne ho paura.

CECHOV

I.

Sul momento si può anche non accorgersene. Ma basta che uno sieda qualche minuto a un tavolino all'aperto del Caffè della Borsa, in corso Roma, con davanti la rupe a picco, di un rosso quasi dolomitico, della Torre dell'Orologio, e poco piú a destra la terrazza merlata dell'Aranciera, perché la cosa salti subito all'occhio. Giorno o notte che sia, difatti, estate o inverno; che piova o no: la gente, se deve passare per di lí, è difficile che non preferisca infilarsi sotto il basso portichetto dove si annidano in penombra i locali contigui del Caffè della Borsa e dell'antica farmacia Barilari, anziché tenersi dalla parte opposta, al marciapiede che segue in linea retta la Fossa del Castello. Si provi a transitare a certe ore sotto il portico del Caffè – verso le tredici, per esempio, o verso le venti: le ore propizie agli aperitivi, ai modici acquisti di paste per uso familiare. Farsi strada fra i tavolini stipati sino all'inverosimile in quello spazio cosí ridotto, tra la folla seduta e quella in piedi, salutando, stringendo mani, bonariamente urtando e venendo urtati secondo il costume inveterato della provincia italiana che la guerra ha interrotto ma non abolito, ogni volta, sul serio, è poco meno che una impresa. Con ciò sono ben rari, ripeto, coloro che per guadagnare tempo si risolvano a girare al largo. Se qualcuno lo fa, allora vale la pena, volgendo gli sguardi sorpresi e divertiti dal fondo del portico del Caffè, dando magari di gomito al proprio vicino, osservare minutamente come è vestito, che faccia ha, e congetturare, dall'esame particolareggiato del suo aspetto, di dove venga, dove sia diretto, ecc. ecc. C'è il turista con l'indice infilato fra le pagine della rossa guida del Touring e il naso all'aria, immerso nella contemplazione delle incombenti quattro torri del Castello. C'è il viaggiatore di commercio che, la borsa di pelle sottobraccio e il soprabito svolazzante, corre via trafelato verso il viale che porta alla stazione. C'è il contadino della Bassa, venuto in città per il mercato, il quale, in attesa della corriera pomeridiana di Comacchio o di Codigoro, si guarda attorno senza saper che fare del proprio corpo appesantito oltre misura dal cibo e dal vino ingurgitati sul mezzogiorno in qualche bettola di San Romano. Insomma, a meno che non si tratti di una coppia di ragazze dei postriboli di via Colomba, di via Sacca, di via Bomporto, di via delle Volte, mandate apposta in piazza appunto perché la piazza possa rendersi conto, *de visu*, del cambio della quindicina (e sono venute da fuori anche esse, in fondo: ma intanto che occhiate, che sogghigni e, talvolta, che allegre oscenità, corrono allora fra portico e marciapiede!); o addirittura, ridotta dagli anni a una specie di mummia imbellettata e contegnosa, col solito cagnetto a guinzaglio che abbaia isterico contro tutto e tutti – contro gli anziani *habitués* come contro i giovanotti delle ultime leve –, a meno che non si tratti, dico, di Maria Ludargnani, la vecchia ruffiana in persona, che fino dal '47 ha potuto riaprire indisturbata la sua casa d'appuntamenti di via Arianuova, e non ha mai avuto soggezione, lei, né di Dio né del diavolo; per ogni altro caso non c'è da sbagliare: se c'è qualcuno che si avventura lungo la spalletta rossastra della Fossa del Castello – una riga che taglia il busto di un uomo pressapoco all'altezza del cuore – con l'aria di chi non ha nessunissima ragione di supporre che ci sia, in ciò che fa, qualcosa di speciale o di irregolare, quel tale è certo un estraneo, un forestiero: uno che non può sapere, infine.

Il tipo in esame passa, comunque, e la gente, seduta al caffè dall'altra parte del corso Roma, guarda e sogghigna. Gli occhi si appuntano, i respiri si mozzano. Dall'espressione tesa e concentrata che i volti assumono, si direbbe che qualcosa di molto serio, di molto importante, debba accadere da un momento all'altro. Di quali massacri immaginari non sono responsabili la noia e l'ozio della provincia? È come, infatti, se la pietra grigia del marciapiede dall'altro lato del corso – una lunga, stretta, abbacinante lista di marmo pario, quando il sole d'estate vi batte sopra in pieno – possa essere squarciata, d'un tratto, dall'esplosione di una mina di cui il piede del forestiero abbia percosso inavvertitamente il detonatore. O come, magari, se una rapida sventagliata della stessa mitragliatrice fascista che sparando proprio di lí, da sotto il portico del Caffè della Borsa, abbatté lungo il medesimo marciapiede, in una notte di dicembre del 1943, undici cittadini prelevati in parte dalle carceri di via Piangipane e in parte dalle loro case, possa far compiere all'incauto passante l'identica breve, orribile danza fatta di sussulti e contorsioni che certo compirono, prima di cadere giú esanimi l'uno sull'altro, coloro che la storia ha ormai consacrato quali le prime vittime in ordine di tempo della guerra civile italiana.

Niente di tutto questo accade mai, s'intende. Nessuna mina scoppierà, nessuna mitragliatrice tornerà a crivellare di pallottole il muretto opposto. Per modo che la persona di fuori, venuta a Ferrara, poniamo, per ammirarvi le bellezze artistiche, avrà tutto il tempo di calpestare a suo agio il marciapiede dove, piú di dieci anni fa, giacquero undici cadaveri insanguinati, nonché di passar davanti alle piccole targhe di marmo con sopra incisi i nomi dei fucilati che nel '45, l'indomani della Liberazione, il Comune fece murare in tre punti distinti lungo la spalletta della Fossa del Castello – nei punti precisi dove i cadaveri, ammucchiati nella neve come tanti fantocci, furono trovati la mattina del 15 dicembre 1943 – senza che il corso dei suoi pensieri venga minimamente a essere turbato. E i segni dei proiettili, lievi, sí, ma però chiaramente visibili, che nonostante un recente restauro si vedono ancor oggi butterare qua e là l'antica spalletta contro la quale furono allineati i condannati a morte? L'epoca dei massacri, di quelli veri, è ormai cosí lontana, che non c'è da meravigliarsi se un occhio distratto, sfiorando appena questi segni, ne riconosca tanto poco la natura da attribuirli facilmente all'esclusiva opera del tempo, il quale non risparmia proprio nulla, ahimè, nemmeno i vecchi muri. Saggio e opportuno dunque un restauro, sia detto ciò di passata, che sorvolando sulle minori scalfitture, ha badato a turare soltanto i buchi piú grossi: se è vero che il turista, anima da trattarsi sempre con ogni riguardo, anima essenzialmente romantica, di solito non manca di esser grato a chi sa suggerirgli le delicate *rêveries* di cui si nutre tanto volentieri.

Eppure talvolta, sebbene molto di rado, qualcosa accade: qualcosa che da sola, assai meglio del senso di rispetto o di raccapriccio che tiene lontani dai luoghi della morte, basta a spiegare la tenace riluttanza dei nostri concittadini a servirsi del marciapiede di fronte al portico del Caffè.

Non forte, ma tuttavia ben chiara – tale, comunque, da farsi udire distintamente, se non dal tipo che ignaro sta camminando laggiú, lungo la spalletta della Fossa del Castello, almeno dalla gente seduta al caffè –, si ode a un certo punto una voce. È una voce bianca, incrinata come l'hanno certi ragazzi alle soglie della pubertà, dalla pronuncia leggermente blesa. E poiché esce dal gracile petto di Pino Barilari, il proprietario dell'omonima farmacia, il quale, affacciato a una finestra del soprastante appartamento, rimane invisibile a coloro che sostano di sotto, riparati dal portico: per questi ultimi, sul serio, è come se scendesse dal cielo. La voce dice: «Badi a Lei, giovanotto!»; oppure: «Guardi, signore, dove sta mettendo i piedi!»; oppure: «Attento!»; ovvero: «Ehi!», semplicemente. E ripeto, non è che queste parole vengano urlate, oh no. Si tratta piuttosto di un avvertimento, di un consiglio largito col tono di chi non si aspetti di essere ascoltato, né dopo tutto abbia molta voglia di farsi ascoltare: e parli perciò, come conviene, senza troppo gridare. Difatti il risultato è questo: che il turista, o chiunque altro si trovi a calcare in quel momento il marciapiede da tutti evitato, continua di solito per la sua strada senza dare mai segno di avere inteso quello che gli si dice.

Lo intendono benissimo in vece sua, come ho detto, gli avventori del Caffè della Borsa. Lo svagato turista è appena spuntato dalla curva della Salita del Castello, che istantaneamente sotto il portico del Caffè i discorsi si fanno meno vivaci. Gli occhi si appuntano, i respiri si mozzano. Si accorgerà, quel tale che passa in questo momento dall'altro lato del corso, di star compiendo qualcosa, camminando dove cammina, da cui avrebbe fatto molto meglio ad astenersi? Alzerà o non alzerà a un certo punto il capo, colui, come se una scarica elettrica gli attraversasse il corpo, dalla guida del Touring? Ma soprattutto: scenderà o non scenderà d'un tratto dall'alto, aerea e assurda, ironica e triste, la nota voce dell'invisibile Pino Barilari? Forse sí; forse no. L'attesa dell'evento ha veramente qualcosa di spasmodico: né piú né meno che se fossero, quanti sono, a scommettere su una corsa di cani o di cavalli.

«Ehi!»

Di scatto, l'immagine del farmacista affacciato a una finestra dell'appartamento superiore. Egli c'è, dunque, come sempre: seduto in vedetta con le braccia magre, bianchissime e pelose, levate all'altezza del viso: puntando le lenti scintillanti di un binocolo da montagna in direzione di chi passa e non sa. Sorride, intanto, sotto i baffetti sottili, all'americana. E nella gente che si accalca da basso, all'ombra protettrice del portico, si fa piú vivo ogni volta il piacere di trovarsi dove si trova, e non laggiú allo scoperto, alla berlina.

II.

Non erano molte, in città, nel '39, quando a partire dall'estate di quell'anno cosí determinante per le sorti dell'Italia e del mondo si era cominciata a notare, al davanzale di una finestra di corso Roma, l'insistente presenza di un uomo in pigiama, seduto in poltrona con la schiena appoggiata a due guanciali, le persone che potessero raccontare, di lui e della sua vita, cose che non fossero meno che generiche.

Non già, intendiamoci, che non si sapesse tutti chi fosse. La città è piccola, una specie di grossa famiglia, e in famiglia a ogni cosa si riesce eccetto che a non saper nulla gli uni degli altri. Egli era l'unico figlio del dottor Francesco Barilari, morto nel '36 lasciandogli in eredità una delle migliori farmacie di Ferrara: era un dato di fatto, codesto, naturalmente di dominio pubblico. Noto perfino ai ragazzi della generazione piú recente, sui quali si era posato tante volte, come a soppesare le qualità e le possibilità di ognuno (le mattine che passavano correndo in fretta, diretti a scuola, lungo il portico del Caffè, e intanto tiravano le ultimissime boccate di fumo dalle cicche ridotte al minimo), lo sguardo ironico e penetrante di Bilancino: – perché era questo, appunto, il soprannome che loro stessi avevano dato all'anziano, sempre meditabondo e allampanato farmacista. Al cui proposito, tuttavia, a parte che fosse stato un autorevole *trentatre*, che avesse avuto in principio qualche simpatia per il fascismo (simpatia subito rientrata), e che da tempo immemorabile fosse rimasto vedovo, c'era ben poco altro da dire.

Anche le informazioni sul giovane Barilari, se pure si può chiamar giovane un uomo di trentun anni, non andavano comunque molto piú in là del già detto. Nel '36, per esempio, quando il vecchio massone morí, fu generale la sorpresa a vederlo prendere immediatamente il posto del padre dietro il banco della farmacia. Chiuso nel candido camice di precetto, serviva i clienti con sicurezza, si lasciava chiamar dottore senza battere ciglio. Dunque aveva fatto l'università! – mormorava la gente meravigliata. Ma dove? Quando? Chi erano stati i suoi compagni di studi?

Nuova sorpresa e conseguente meraviglia nell'autunno del '37, in occasione dell'improvviso, assolutamente imprevedibile matrimonio di lui, trentaduenne, con l'Anna Repetto, una bionda di diciassette anni figlia di un maresciallo dei carabinieri oriundo di Chiavari e, da qualche anno, di stanza a Ferrara con la famiglia.

Si trattava di un tipo sfrenato, che aveva già fatto girar la testa a piú di un compagno di liceo, perennemente a zonzo in bicicletta o a ballare nei Circoli Rionali, con dietro, sempre, un codazzo di coetanei e gli occhi di molti non coetanei fissi a seguirne di lontano le evoluzioni. Una ragazza troppo in vista e vistosa, troppo importante e in certo senso rappresentativa, perché a vedersela soffiare sotto il naso da un uomo affatto trascurabile come Pino Barilari non si sentissero defraudati, traditi un po' tutti.

E cosí, subito dopo le nozze, per qualche tempo a proposito di Pino c'era stato un gran ritorno di chiacchiere. Ma piú assai, a dire il vero, a proposito della sposa giovanissima.

Per lei i concittadini avevano azzardato a suo tempo i pronostici piú straordinari. Un pezzo grosso di fuori, notandola in costume da bagno sulla spiaggia di Rimini o di Riccione, se ne innamorava di colpo e la sposava. Un produttore cinematografico se la portava a Roma, e ne faceva una diva di primo piano... Come potevano perdonarle, ora, di aver ceduto alla tentazione di un modesto matrimonio borghese? L'accusavano di meschinità, di aridità, di provincialismo, perfino di ingratitudine verso la famiglia. Liguri, taccagni, chissà che delusione avevano provato anche loro, povera gente! E poi: quando si erano visti, i due, prima di arrivare al matrimonio? Dove si erano trovati per «filare assieme»? Se la loro non fosse stata fin dall'inizio quella piccola porcheria combinata magari per telefono che certo era stata, non sarebbe stato difficile sorprenderli almeno una volta dalle parti di piazza della Certosa, o lungo i bastioni, o in piazza d'Armi: nei posti, insomma, dove vanno di solito i fidanzati. Anche stavolta, dunque, quella gattamorta di Pino Barilari si era condotto con imprevedibile abilità. Rintanato nella farmacia, aveva lasciato che gli altri, lí fuori, si sfogassero ad ammirare l'Anna che passava e ripassava in bicicletta davanti al Caffè della Borsa, i capelli biondi gettati dietro le spalle, le grosse labbra assai tinte, incurante di mostrare le gambe abbronzate, nude per quanto eran lunghe fino alle cosce. Piú tardi, al momento opportuno, era stato pronto a tirare la rete. Ma d'altronde: che bisogno ci sarebbe mai stato, per lui, di andare in giro con una ragazza libera e spregiudicata come l'Anna Repetto – una ragazza, tra l'altro, che tutta la città non perdeva mai d'occhio un istante –, se di sopra alla farmacia, dopo che Barilari padre era morto, c'era un appartamento intero a loro disposizione? Chi avrebbe potuto accorgersene, di lei, se svelta svelta si fosse infilata in farmacia alle due del pomeriggio, per esempio, quando il sole di luglio batte forte, a piombo sopra le tende marroni del

Caffè della Borsa, quando tutti sono a mangiare, e sotto il portico non sono rimaste che le mosche ad azzuffarsi per qualche briciola? Si erano sposati, ad ogni modo, questo contava ed era certo: e l'Anna, di punto in bianco diventava la signora Barilari, era andata subito a stare in corso Roma, nella casa del marito: sul conto del quale, dopo che l'avevano veduto qualche volta al cinema insieme con la moglie, o a spasso con lei, verso sera, giú per corso Giovecca (lei robusta, sanguigna, quasi luminosa; mentre lui, che le trottava a fianco con l'aria del naufrago aggrappato al salvagente, lui, al confronto, sembrava anche piú insignificante, quasi spariva), si era ristabilito a poco a poco il silenzio fatto di indifferenza che sempre aveva circondato la sua sbiadita figura.

Soltanto l'improvvisa paralisi che di lí a nemmeno due anni l'aveva colpito alle gambe – tabe dorsale, non c'era dubbio –, col conseguente effetto di cominciare a sospenderne lassú in alto, come da un palco di proscenio, il mezzo busto in pigiama sull'animato teatro di corso Roma, aveva avuto il potere di richiamare di nuovo l'attenzione su di lui. D'allora in poi la giovane moglie, benché compianta, fu trascurata. Si tornò a parlare di Pino, e di lui solamente. Non era questo, d'altra parte, ciò che egli stesso voleva, offrendosi come faceva agli occhi di tutti? Egli era sempre là, adesso, seduto da mane a sera al davanzale della sua finestra, e pronto a fissare ogni passante con uno sguardo in cui brillava una luce nuova. Una luce nuova, sicuro! con un che, dentro, di insolente e impudico insieme. E allegra, per giunta. Come se fosse stata appunto la malattia, che per tanti anni aveva sonnecchiato subdolamente nel suo sangue, ed ora insorgeva di colpo a stroncargli le gambe, a fare finalmente della sua scialba vita qualcosa di chiaro, di comprensibile a lui stesso: di *esistente*, insomma. Si sentiva forte, adesso, lo si vedeva bene: per la prima volta in vita sua. Addirittura rinato. «Vedete a cosa può condurre un piccolo trascorso di gioventú?», sembrava voler dire. «Ecco qua, vedete?» Ma negli occhi, che gli splendevano, non c'era ombra di tristezza.

Per rendersi conto, ora, dell'imbarazzo, del sospetto istintivo che un simile atteggiamento aveva suscitato in molti concittadini (fu forse da allora che il marciapiede di fronte al portico del Caffè prese a essere evitato con ogni cura), converrà riportarsi all'atmosfera del '39: a quel senso di smarrimento, incertezza e diffidenza generale, che nella società italiana, e a Ferrara in ispecie, era cominciato a serpeggiare sin dall'inizio dell'estate.

Per gran parte della nostra borghesia moderata, dal mese di maggio la città si era trasformata improvvisamente in un inferno.

C'era stata dapprima la storia degli studenti medi:

di quel gruppo di ragazzi, cioè, non uno al di sopra dei diciotto anni, i quali, per istigazione di un loro professore di filosofia subito scappato in Isvizzera, e allo scopo preciso di fomentare panico e disordine nella popolazione (ogni particolare del «complotto» era trapelato in città fino dai primi interrogatorî fatti in Questura), si erano prefissi il bel proposito di sfondare ad una ad una, una per notte, tutte le vetrine dei negozi del centro. E ce ne erano voluti, di appostamenti, da parte della polizia, cui si erano aggiunti, inquadrati in pattuglie volontarie personalmente da Carlo Aretusi, il noto «antemarcia», una ventina di vecchi squadristi della prima ora, per ottenere che i giovanotti si lasciassero cogliere con le mani nel sacco! A passare di notte nei pressi del Castello, non c'era stato androne o angolo buio, per quasi due settimane, che non apparisse punteggiato delle sigarette accese degli uomini in agguato... Ragazzate, sia pure: delle quali la stessa O.V.R.A., nonostante le ardenti professioni di comunismo degli arrestati – e gli interrogatorî continuavano, frattanto, nel carcere di via Piangipane – stava facendo sforzi eroici per ridurre al minimo il peso politico: ma che, ad ogni modo, qualcosa significavano. Si andava verso il peggio, ecco. Si era circondati da disfattisti, da sabotatori, da spie. Persino tra gli studenti delle scuole medie, figli di ingegneri, di avvocati, di dottori, il comunismo, ormai, si era messo a far proseliti! E che le cose non marciassero per il verso buono, lo si capiva osservando le facce di certe persone. Le facce di certi ebrei, per esempio, nei quali era dato ancor oggi di imbattersi in pieno portico del Caffè (tutti quanti nel ghetto, invece, si sarebbe dovuto tornare a rinchiuderli: e basta coi soliti «pietismi» fuori posto!); o quelle di alcuni dei piú irriducibili antifascisti cittadini – tipo l'avvocato Polenghi, o l'avvocato Tamagnini, o l'onorevole Bottecchiari, l'ex deputato socialista –, che al Caffè della Borsa si facevano vedere soltanto per le disgrazie, e infatti eccoli là, adesso, come altrettanti uccellacci di malaugurio, che ci capitavano quasi ogni giorno, e all'ora, per giunta, del Giornale Radio! Soltanto un cieco non si sarebbe accorto della contentezza maligna che, sotto l'abituale maschera di indifferenza, sprizzava loro da tutti i pori. Soltanto un sordo non avrebbe notato nella voce con cui l'on. Bottecchiari si indirizzava di lontano al cameriere Giovanni per ordinargli il solito *Punt e mès* (una voce forte, calma, scandita: che faceva sussultare la gente da un capo all'altro del Caffè) lo scherno di chi, in cuor suo, accarezza già la rivincita, pregusta già la vendetta! E cosa mai poteva significare quella assurda mania di esibirsi che aveva preso ad un tratto lo stesso Pino Barilari, se non che antifascista, sovversivo, affrettava anch'egli col desiderio la disfatta della Patria? Nel suo ostentare senza pudore una malattia indecorosa non era per caso da vedersi un'intenzione sottilmente offensiva e provocatoria, davanti alla quale persino le quattordici vetrine finite in frantumi una dopo l'altra sotto le sassate della cosiddetta banda del liceo avrebbero dovuto passar subito in seconda linea?

Queste preoccupazioni si diffusero, dilagarono, arrivarono in alto.

Senonché, messo a parte di esse, e richiesto di un parere dalla piccola corte di fedelissimi che quotidianamente gli faceva circolo attorno, Carlo Aretusi, soprannominato Sciagura, strinse le labbra dubbioso.

«Non cominciamo a esagerare!» disse poi, sorridendo.

Ormai da venti anni, in compagnia inseparabile di Vezio Sturla e Osvaldo Bellistracci, egli stazionava pressoché in permanenza davanti al medesimo tavolino del Caffè della Borsa. Ed era a lui, come al membro piú autorevole di quello che ai tempi delle squadre d'azione era stato il famoso triumvirato fascista di Ferrara, come all'amico personale di Balbo, di Buonaccorsi, di Muti e di Morigi – il grande Morigi, il celebre tiratore di pistola, l'olimpionico di Ravenna! – era a lui che le questioni piú delicate venivano subito sottoposte. (Non per nulla, del resto, quando si annunciava da Roma qualche «grana», perfino il Console

Bolognesi, il Federale, accorreva in persona a consultarlo).

Sciagura continuava a sorridere, incredulo, nostalgico. Per quanto gli altri insistessero, non fu possibile indurlo a riconoscere che nel comportamento di Pino Barilari ci fosse qualcosa di minaccioso.

«Quello scarto di leva un sovversivo!?», sbottò anzi a ridere. «Ma se è stato con noialtri a Roma, nel '22!»

Fu dunque cosí – e c'era da ricordarsene, perché nel passato la cosa non si era verificata troppo spesso – che dalle labbra di Sciagura, piegate per l'occasione in una smorfia patetica, il gruppetto degli intimi poté sentire raccontare con una certa abbondanza di particolari *anche* della Marcia su Roma.

Eh già – sospirò Sciagura. Aveva sempre preferito parlarne poco, lui, della Marcia su Roma!

Ma perché mai – riprese subito, con enfasi – perché mai avrebbe dovuto perdersi in chiacchiere su un avvenimento come quello, che se per molti aveva significato la conquista del potere, con conseguente adeguata sistemazione personale, per lui, invece, e per tanti altri come lui – e qui lo Sturla e il Bellistracci tornarono ad annuire in silenzio – aveva rappresentato una cosa soltanto: l'arresto della Rivoluzione, il tramonto definitivo dell'èra gloriosa delle squadracce?

E poi, a guardare bene, di che altro si era trattato

Check Out Receipt

Red Hill

Saturday, January 11, 2020 3:13:22 PM

Item: 32022187211525
Title: Italian Language Collection.
Due: 02/01/2020

Item: 3202218721[illegible]
Title: Italian Langu[illegible]llection.
Due: 02/01/202[illegible]

Total items: 2

www.hpl.ca
Dial 905-546-3425 for account information.

Thank you for [illegible]ng the Hamilton Public Library

se non di una specie di trasferimento in tradotta alla volta della capitale, con fermate a tutte le stazioni per raccoglervi drappelli di fascisti (da Bologna a Firenze, a quell'epoca, non c'erano nemmeno le gallerie della Direttissima!), e un vero esercito di carabinieri e Guardie Regie disposti a protezione lungo l'intera linea? Non c'erano carabinieri né Guardie Regie, no perdio!, a proteggere i quattro 18 BL che nel '19 si erano spinti fino a Molinella, in piena zona rossa, per incendiarvi la sede della Camera del Lavoro: impresa, questa, che aveva richiamato per la prima volta sulla Federazione di Ferrara l'attenzione di tutta Italia, e dalla quale, per essere precisi, era nato il primissimo attrito tra la Federazione di Ferrara e quella bolognese, a cui la spedizione di Molinella era sembrata – e fu anche detto, esplicitamente! – una «ingerenza provocatoria». Il fascismo era anarchico, allora, il fascismo era garibaldino. Non si preferivano, al contrario di quello che accadde poi, i burocrati ai rivoluzionari. Se ad esempio il giovane Sciagura (erano stati gli operai bolscevichi di fuori Porta Reno a chiamarlo cosí: e lui di quel soprannome se ne era sempre vantato, se ne era sempre fregiato come di una decorazione), se il giovane Sciagura, o il giovane Bellistracci, o il giovane Sturla, armati solo di bastoni, pugni di ferro, o al massimo di qualche vecchia Sipe residuato di guerra, uscivano di notte da Porta Reno per cercar briga coi facchini comunisti che affollavano le bettole di Borgo San Luca, ebbene a quell'epoca non c'era mica da contare, come invece poi, dopo il '22, fu sempre possibile, sull'appoggio completo della Questura! Dopo il '22, figurarsi!, prima di partire per qualche spedizione punitiva – quella su Codigoro, per esempio, quando si trattò di ridurre alla ragione gli operai delle idrovore – si passava addirittura in Castello, dove, giú nel cortile, era diventato ormai d'uso comune effettuare l'adunata dei camion e delle macchine. E adesso bisognava vederla, la borghesia, come era pronta a fornire le sue macchine, come si proclamava onorata di metterle al servizio della Causa!

Ma per tornare alla Marcia su Roma, e al figlio del dottor Barilari, in fondo era risultato lui, il ragazzo, l'unico divertimento di tutto il viaggio. A ripensarci, la Marcia su Roma era stato proprio lui che l'aveva salvata.

Intanto se l'erano visto capitare tra i piedi all'ultimo momento, quando il treno era già in moto. E correva correva lungo la banchina, con gli occhi fuori della testa per la paura di restare a terra, sicché fu necessario allungargli una mano attraverso lo sportello, e tirarlo su quasi di peso. Ecco qua, poi, come era vestito: con la mantella grigio-verde, certo del padre, che gli arrivava fino ai garretti; le fasce che gli si sfilavano dalle gambe ogni momento; le scarpe gialle, basse; e il fez, un fez che chissà come se l'era procurato, e gli faceva, calcato in testa, certe orecchie da pipistrello da sbellicarsi a forza di ridere. E che cos'altro si poteva fare se non ridere, a vedersi contemplati continuamente da un paio di occhi stupiti, sgranati, nemmeno se lui, Sciagura, fosse stato una specie di Tom Mix, e gli altri della *Bombamano* la truppa dello Sceriffo? «Chi sei? Non sei mica il figlio del dottor Barilari?» gli avevano subito chiesto: non tanto per averlo mai visto, prima, quanto per la somiglianza. E lui, senza poter rispondere per via della corsa che aveva fatto, diceva di sí col capo. «Ma lo sa, il papà, che vieni via con noi?» E adesso lui faceva di no; e insieme li guardava uno per uno, con quei suoi occhi da bambino che sta vivendo un film di avventure.

Aveva diciassette anni, altroché, non era affatto un bambino. Eppure era peggio che se fosse un bambino.

Alla sua età era ancora vergine. E poiché il treno, sia all'andata che al ritorno, si fermava a tutte le stazioni (fermate che, come a Bologna e a Firenze, duravano talvolta due, tre ore); e loro approfittavano di ogni sosta per scappare in cerca di qualche casino; e lui, Pino, sempre a impuntarsi come un mulo, che nei casini non voleva venirci: finiva che dovevano trascinarselo dietro quasi di peso, bisognava pur cercare di sverginarlo, no? Lui resisteva, puntava i piedi, li scongiurava a mani giunte, piangeva. «Che cos'hai, paura che ti mangino?», gli dicevano gli altri. «Vieni almeno a vedere. Parola d'onore che non ti facciamo andar su in camera!»

Non si fidava. Ogni volta occorreva che lui, Sciagura, sorridendo e ammiccando come d'intesa, intervenisse a prenderlo in disparte, sussurrandogli in un orecchio qualche frase. «Proprio non vuoi venire?» gli diceva. Oppure: «Non fare il fesso, su!» Ma non erano le parole che contavano. Contava il tono.

Soltanto allora, difatti, come se sentisse in lui l'unico vero amico, egli si decideva a entrare. Per poi, arrivato che fosse insieme con gli altri nella sala comune, rincantucciarsi in un angolo, girando attorno gli occhi terrorizzati. E le ragazze? Le ragazze, entusiasmate e intenerite dal suo spavento (per i fascisti, a parte questo, avevano sempre avuto un gran debole!), non si può immaginare che gare facevano per coccolarselo. A dargli retta, a quelle là, c'era da vedere trasformato il casino in un ospizio per l'infanzia abbandonata. Ed ecco che naturalmente doveva intervenire la padrona. «Allora cosa facciamo, signorine, la fabbrica della flanella?» Ogni volta era sempre una commedia, una farsa del genere.

La scena madre, tuttavia, era successa agli *Specchi*, in via dell'Oca a Bologna, durante il viaggio di ritorno.

La Porrettana non finiva mai, avevano visto all'andata che noia era stata. Sicché a Pistoia, prima di affrontare l'Appennino, erano scesi in due o tre a fare incetta di fiaschi di Chianti. In mezzo alle montagne c'era freddo, e nebbia che non ci si vedeva a dieci metri di distanza. Per far passare il tempo non restava che bere; e cantare, si capisce, tutto quanto il repertorio. Morale: a Bologna, quando c'erano arrivati che ormai era notte (ma l'accelerato per Ferrara non sarebbe partito che alle 2 e 05), tutti, Pino compreso, erano completamente ubriachi.

In via dell'Oca, da basso, puntando il dorso contro il battente del portoncino fitto di chiodi – neanche se avesse voluto, quel pazzo, ficcarseli dentro nelle carni! – si era ripetuto da parte di Pino l'ennesimo tentativo di resistenza. E allora lui, Sciagura, fosse stato il vino, o il tedio del viaggio, o il dispetto di aver partecipato cosí per fare numero a quella gran pagliacciata quale ormai stava rivelandosi la Marcia su Roma (a Roma c'erano rimasti due giorni, consegnati per lo piú in caserma: e il Duce non lo avevano visto nemmeno di lontano, perché, dicevano, era occupato a trattare col Re circa la formazione del governo), ad un tratto, senza sapere come, si era ritrovato con la Mauser in pugno, a puntarla sotto la gola del ragazzo. Che se Pino non si decideva, lí per lí, a smetterla di piagnucolare, e non entrava subito; o magari, raggiunta che avevano di sopra la saletta comune, si fosse rifiutato come al solito di andar su in camera con una ragazza: altro che la sifilide, quella volta, avrebbe potuto prendersi – se pure, vai un po' a saperlo con sicurezza, se l'era presa proprio quella volta!

Era stato lui stesso ad accompagnarli su in camera: giusto per controllare che tutti e due, tanto Pino quanto la donna, compissero sino in fondo il loro dovere. E fortuna – badava ancora a ripetere Sciagura –, fortuna che Pino non si era opposto nemmeno a questo! Altrimenti, sul serio, col revolver spianato e ubriaco come era, sarebbe potuta succedere qualunque cosa.

III.

Chi non ricorda, a Ferrara, la notte del 15 dicembre 1943? Chi potrà mai dimenticare, finché avrà vita, le lentissime ore di quella notte? Fu una veglia angosciosa, interminabile, per tutti; con gli occhi che bruciavano fissi a scrutare attraverso le fessure delle persiane le vie immerse nel buio dell'oscuramento; col cuore che sobbalzava ogni minuto al crepitio delle mitragliatrici, o al passaggio repentino, anche piú fragoroso, dei camion carichi di uomini armati.

> A noi la morte non ci fa paura
> viva la morte e viva il cimitero...

cantavano invisibili nel buio, passando lungo le strade deserte, gli uomini dei camion. Era un canto cadenzato ma non marziale: disperato anche esso.

L'annuncio dell'assassinio del Console Bolognesi, l'ex Segretario Federale – lo stesso che dal settembre, dopo la parentesi del periodo badogliano, era stato chiamato a riorganizzare la Federazione in qualità di

Reggente –, si era diffuso in città nel primo pomeriggio del giorno 15. La radio poco piú tardi aveva dato i particolari: la Topolino ritrovata lungo una strada di campagna, nei pressi di Copparo, lo sportello di sinistra aperto; il capo della vittima reclinato sul volante, «come se dormisse»; il «classico» colpo alla nuca, «piú rivelatore di una firma»; e lo sdegno, «l'ondata irrefrenabile di sdegno», che la notizia, appena comunicata, aveva destato a Verona, in seno all'Assemblea Costituente della Repubblica Sociale, adunata in Castelvecchio. Verso sera, anzi (una sera livida, i suoni attutiti dalla nebbia e dalla neve caduta a intermittenze durante l'intera giornata, nessuno per le strade, la gente costretta nelle case dal coprifuoco decretato per le cinque), si era potuta ascoltare, sempre alla radio, una registrazione diretta della seduta veronese. Una voce sottile, penetrante – il grido rabbioso e lamentoso di un bambino –, d'un tratto aveva soverchiato quella bassa, accorata di colui che, dopo aver dato comunicazione della morte del Console Bolognesi, ne stava tessendo l'elogio funebre. «Tutti a Ferrara!», fu udito gridare, distintamente. «Vendichiamo il camerata Bolognesi!» Si erano appena richiuse le radio, ci si stava a guardare l'un l'altro spauriti, che già da fuori, dai vetri delle finestre che avevano cominciato a tremare, si annunciava il rotolio sordo dei motori di lontani autocarri in avvicinamento e il *ta-ta-ta* lacerante delle prime sventagliate di mitra. Ed era già notte, fuori, era scaduta da un pezzo l'ora del coprifuoco.

Nessuno andò a letto, nessuno dormí. Non ci fu borghese di Ferrara – neppure tra quelli che per il passato loro conformismo nei riguardi del regime caduto il 25 luglio scorso avevano accolto con minore apprensione il ritorno del Fascio – il quale non temesse di vedere invasa da un momento all'altro la propria casa. (Qualcuno, piú pavido, arrivò al punto di farsi rinchiudere in uno sgabuzzino segreto, con tanto di armadio o cassettone accostati a dissimulare il pertugio d'ingresso). Ma anche nelle case borghesi, in genere, si parlò e si discusse come mai: nelle lunghe pause concesse da un *bridge* o da un *poker* che soltanto il desiderio di mentire a se stessi e agli altri la propria angoscia, e la necessità, comunque, che il tempo trascorresse piú rapido, avevano consigliato di avviare; oppure seduti senza far nulla sotto la luce del lampadario centrale, attorno a quei medesimi tavoli da pranzo dove, a una certa ora, si era tentato vanamente di cenare come le altre sere, e che poi erano rimasti cosí, mezzo sparecchiati, le tovaglie sparse di briciole e ingombre di piatti sporchi.

Cosa stava accadendo? Cosa sarebbe accaduto?

Fra la gente d'ordine le previsioni variavano, com'è naturale, secondo i temperamenti e le esperienze. Si può esser certi tuttavia che prevalessero – non fosse altro che per farsi, anche con questo, un po' di coraggio – i pareri meno catastrofici.

La città risuonava di colpi d'arma da fuoco e di lugubri canti che parlavano di morte e di cimiteri. Ma non perciò era da pensare seriamente che i fascisti, i quali, dal settembre in poi, limitandosi a rastrellare quel centinaio di ebrei su cui erano riusciti a metter le mani, e a rinchiudere nel carcere di via Piangipane appena una decina dei piú accaniti antifascisti cittadini, avevano dato prova, tutto sommato, di notevole mitezza, volessero, ora, cambiato di colpo registro, effettuare un giro di vite vero e proprio. Erano italiani anche essi, i fascisti, che diamine! E anzi, a dir la verità – e qui un sorriso e un ammicco erano divenuti d'obbligo –, piú italiani di tanti altri, buoni soltanto a riempirsi la bocca con la parola «libertà», e di niente altro solleciti, in pratica, che di lustrare le scarpe allo straniero invasore. No, no, non c'era da temere. Facevano un po' di baccano, i fascisti, si capisce; le facce feroci; andavano attorno col teschio sul berretto: ma piú che altro per tenere a bada i tedeschi, i quali, a lasciarli fare (né si sarebbe potuto, in fondo, dar troppo torto anche a loro: la guerra è guerra, e certi tradimenti, in guerra, si dovrebbe sempre pagarli!), non ci avrebbero pensato un minuto a trattare l'Italia alla stregua di una Polonia o di una Ucraina qualsiasi.

Poveri diavoli, i fascisti! Bisognava un po' mettersi anche nei loro panni! Cercare di comprendere il dramma loro e quello personale di Mussolini che anche lui, poveruomo, se non si era ancora ritirato a vita privata alle Caminate, come forse desiderava e certo gli conveniva, era per l'Italia, soprattutto, che doveva averlo fatto. Il Re, il Re! L'8 settembre non era stato capace, il Re, che di fuggire a Bari con Badoglio. Mussolini, invece, da buon romagnolo dall'animo sostanzialmente generoso (i Savoia e Badoglio erano piemontesi: e i piemontesi, niente da fare, sono sempre stati gente gretta, poco sincera!), Mussolini non aveva esitato un solo momento, lui, nell'ora della tempesta, a risalire in plancia e a riprendere in pugno, faccia volta ai marosi, la barra del timone... E a essere schietti, che cosa c'era da dire dell'assassinio del Console Bolognesi – un padre di famiglia, tra l'altro, uno che in vita sua non aveva mai fatto male a una mosca? Nessuna persona civile, nessun vero italiano, avrebbe potuto approvare un delitto come quello, che tendeva, era fin troppo chiaro, a far divampare anche da noi, a imitazione pedissequa della Francia e della Jugoslavia, gli orrori della guerra partigiana. La distruzione di tutti i valori della civiltà mediterranea e occidentale, da quelli culturali e religiosi a quelli materiali; insomma il comunismo: ecco il traguardo ultimo della guerra partigiana. Che se gli jugoslavi e i francesi, nonostante l'esperienza recente della Spagna, volevano il comunismo, padroni, si tenessero pure il loro Tito e il loro De Gaulle. Agli italiani, adesso, si imponeva un obbligo solo: restar compatti e salvare il salvabile.

Come Dio volle, finalmente la luce tornò. E con la luce, canti e spari cessarono.

Cessò anche, di colpo, il fitto chiacchierio dietro porte e finestre. Ma l'angoscia no, che non cadde. La luce del giorno, restituendo ad ognuno, anche ai piú ciechi, il crudo senso della realtà, la rendeva anzi piú acuta. Cosa significava quel silenzio improvviso? Cosa nascondeva o preparava? Poteva benissimo trattarsi di un tranello: per indurre la popolazione a uscire all'aperto, e poi rastrellarla, o chissà che altro farne. Trascorsero cosí almeno due ore – due ore di inerte, torturante attesa – prima che qualche vaga notizia dell'eccidio trapelasse a poco a poco, da sé, nell'interno delle case.

Le vittime della rappresaglia erano dieci, venti, cinquanta, cento... Ad abbandonarsi ai pronostici piú disperati sembrava davvero, in principio, che non solo corso Roma, ma tutto il centro della città fosse seminato di morti. Ci volle dell'altro tempo, insomma – si arrivò, con questo, verso le nove e mezzo, le dieci del mattino –: soltanto allora fu possibile sapere con precisione numero e identità degli uccisi.

Erano undici: riversi in tre mucchi lungo la spalletta della Fossa del Castello, lungo il tratto di marciapiede esattamente opposto al Caffè della Borsa e alla farmacia Barilari: e per contarli e riconoscerli, da parte dei primi che avevano osato accostarsi (in distanza non parevano nemmeno corpi umani: stracci, bensí, poveri stracci o fagotti buttati là, al sole, nella neve fradicia), era stato necessario rivoltare sulla schiena coloro che giacevano bocconi, nonché separare l'uno dall'altro quelli che, caduti abbracciandosi, facevano tuttora uno stretto viluppo di membra irrigidite. E ci fu appena il tempo, in realtà, di contarli e riconoscerli. Perché di lí a poco, sbucando improvvisa dall'angolo di corso Giovecca, una piccola macchina militare era venuta ad arrestarsi, con teatrale stridio di freni, davanti al gruppo raccolto attorno ai cadaveri. «Via! Via!», fu gridato, prima ancora di balzare a terra, dai militi della Brigata Nera che l'occupavano. Sempre incalzati dalle grida di costoro, ai presenti non era rimasto che ritirarsi lentamente verso le opposte estremità del corso Roma: e di qui, tenendo tuttavia d'occhio i quattro militi che laggiú in fondo, sotto il sole ormai alto, montavano la guardia ai morti imbracciando i mitra, far sapere per telefono all'intera città quello che avevano visto e rischiato.

Orrore, pietà, paura folle: c'era questo nell'impressione che l'annuncio dei nomi dei fucilati destò in ogni casa. Non erano che undici, è vero. Ma si trattava di persone troppo note, in città, di persone delle quali, oltre ai nomi, si conoscevano troppo bene infiniti particolari del fisico e del morale (il volto di questo, e il modo che aveva, ridendo, di strizzare gli occhi celesti dietro le piccole lenti del *pince-nez*; il passo strascicato di quest'altro, e i suoi capelli, magari, ingrigiti anzitempo; la maniera di salutare di un altro ancora, agitando il braccio e gridando di lontano: « Salute! »; i vezzi, le piccole manie; la passione per il gioco, l'avarizia, la prodigalità, la malignità; l'amore per la moglie, per l'amante, per i figli, e cosí via...: undici vite di cui si sapeva tutto, o quasi tutto, cresciute insieme e insieme troncate, di schianto, lungo il marciapiede di fronte al portico del Caffè): troppo familiari, troppo legate ad ognuno, per mille legami, erano le undici vittime dell'eccidio – troppo intrecciate, le loro esistenze modeste, alle modeste esistenze di ognuno – perché la loro fine non sembrasse di primo acchito un evento spaventoso, di una efferatezza quasi irreale. E sembrerà strano, certo, che l'esecrazione per l'assassinio – quasi generale, perché non dirlo? – potesse accompagnarsi immediatamente al proposito, altrettanto generale, di far buon viso agli assassini, di fare atto di pubblica adesione e sottomissione alla loro violenza. Ma cosí accadde, anche questo è inutile nasconderlo: se è vero, come è vero, che in nessun'altra città dell'Italia settentrionale il fascismo repubblicano avrebbe potuto contare, da allora in poi, su un numero cosí imponente di iscritti: da vedere fin dal mattino del giorno 17 (durante la notte era cominciato a piovere a dirotto) lunghe, silenziose file di cittadini sostare nel cortile della Casa del Fascio, in viale Cavour, attendendo che gli uffici della Federazione si aprissero. Curvi, dimessi, avviliti nei frusti cappotti di stoffa autarchica che la pioggia batteva senza pietà, erano l'identica marea di gente silenziosa che il pomeriggio del giorno avanti aveva seguito passo passo lungo corso Giovecca, via Palestro, via Borso, fino a piazza della Certosa, il funerale del Console Bolognesi, e nei cui volti illividiti dal terrore le poche persone rimaste dentro le case, a spiare da dietro le persiane accostate (uomini, uomini, uomini: tanti, dunque, ne contava Ferrara?), avevano riconosciuto, rabbrividendo, il proprio stesso volto. Che cosa c'era da fare, se non cedere? Tedeschi e giapponesi, anche se per ora mostravano di ritirarsi, da ultimo, sfoderando armi segrete di potenza inaudita, avrebbero capovolto la situazione e vinto in poche battute la guerra. Non c'era da scegliere che una strada sola.

Ma gli autori della strage, intanto, chi erano? Nessun dubbio: gli autori primi, i responsabili materiali, erano certo gli uomini dei camion – quattro targati VR, Verona, e due PD, Padova –, gli stessi che per tutta la notte avevano fatto echeggiare la città dei loro canti e dei loro spari, e si erano dileguati, poi, verso l'alba, proprio come se il buio medesimo col quale erano venuti li avesse risucchiati con sé: i vendicatori preannunciati dalla radio, insomma, di cui qualche passante, che la sera del 15 si era potuto attardare per le strade in quanto fornito di un permesso speciale, aveva fatto in tempo a intravedere di lontano le stravaganti camicie azzurre, tipo Legione spagnola, il teschio sul berretto alla raffaella, il mitra ad armacollo, nonché, infilate sotto le cinture di cuoio assieme col pugnale e la pistola, un paio di bombe a mano dai lunghi manici, di marca tedesca. Per sapere dove fosse via Piangipane non era davvero indispensabile essere del luogo, o farcisi condurre da uno del luogo: bastava, per questo, dare un'occhiata a una cartina topografica. Infatti erano stati loro, gli squadristi veneti, a presentarsi alle due del mattino al portone delle carceri, in via Piangipane. Erano stati loro, e non altri che loro, a costringere armi in pugno quel poveruomo del direttore a esibire l'elenco dei politici e a cedere in consegna gli avvocati Polenghi e Tamagnini, entrambi socialisti e vecchi organizzatori sindacali, e gli avvocati Galimberti, Fano e Ferraresi, del Partito d'Azione: tutti e cinque detenuti in attesa d'istruttoria dal settembre precedente.

Senonché, a smentire la voce che subito circolò – una diceria messa in giro ad arte, era chiaro –, secondo la quale nessuno di Ferrara aveva partecipato al massacro, nessuno di Ferrara si era macchiato di quel sangue, restavano gli altri sei morti: il Consigliere Nazionale Abbove, il dottor Malacarne, il ragionier Zoli, i due Cases, padre e figlio, e l'operaio Felloni: ciascuno di essi prelevato dalle rispettive abitazioni, che certo non erano segnate su alcuna cartina topografica – e si eccettuasse pure, dal numero, l'operaio Felloni, la cui bicicletta, rinvenuta la mattina del 15 lungo la muraglia rossiccia dell'Auditorium, in via Boldini, pareva indicare che il disgraziato, un oscuro dipendente dell'Azienda Elettrica, era stato aggregato al gruppo dei giustiziandi unicamente per essersi imbattuto, mentre si recava, ignaro, al lavoro, in una delle tante pattuglie che bloccavano l'accesso al centro: reo di questo, in sostanza, e di questo soltanto. Ebbene nessuno che non fosse di Ferrara, e molto pratico, per giunta, della città, avrebbe potuto rintracciare a colpo sicuro il Consigliere Nazionale Abbove non già nel suo palazzo di corso Giovecca, ma nello studio-*garçonnière* che egli, ricavandolo da un chiostretto medioevale acquistato per pochi soldi, si era fatto costruire di recente nella quieta e romita via Brasàvola, e all'ombra discreta del quale, riempitolo dei piú vari oggetti d'arte (quadri, tappeti, rarità e bizzarrie di ogni genere: un *bric à brac* del piú squisito gusto dannunziano, niente da dire!), era solito riparare di tanto in tanto la sua delicata canizie di maturo gaudente. Nessuno che non fosse di Ferrara, informatissimo, oltre a ciò, di quanto era accaduto in città negli ultimi tempi, avrebbe potuto sapere di certi convegni segreti che si erano tenuti, durante i quarantacinque giorni del periodo badogliano, appunto nella *garçonnière* del Consigliere Nazionale Abbove (il dottor Malacarne e il rag. Zoli, a stare alle chiacchiere, c'erano intervenuti ogni volta, ma il vecchio Sciagura no, aveva sempre declinato l'invito...), convegni intesi a stabilire una linea di condotta comune per tutti quei fascisti di niente altro desiderosi, caduto il Regime, che di far giungere al Re «l'espressione della loro incondizionata fedeltà», e insomma, come si dice, di voltar gabbana il piú presto possibile. E i due Cases, padre e figlio, in particolare, due dei pochi ebrei sfuggiti alla grande retata del settembre (commerciavano in cuoio, né mai, mai in vita loro, avevano pensato alla politica), i quali vivevano, dal settembre, tappati nel granaio della loro casa di vicolo-mozzo Torcicoda, essendo riforniti di cibo, attraverso un buco del pavimento, esclusivamente dalla rispettiva moglie e madre, arianissima, cattolicissima: chi altri, se non qualcuno che ne conoscesse perfettamente il rifugio – qualcuno di Ferrara, dunque! – sarebbe stato in grado di indirizzare proprio lassú, in cima a quel polveroso labirinto di scalette semicrollanti, i cinque scherani mandati a prelevarli? Chi altri se non...

Carlo Aretusi, sí, appunto Sciagura. E sarebbe stato sufficiente, perché i sospetti convergessero subito su di lui (fin dal mattino del 16 aveva ripreso a comandare lui, in Federazione, e il nome suo, da quel momento, cominciò a essere pronunciato di nuovo come una volta, prima del '22, un bisbiglio appena intelligibile), sarebbe stato piú che sufficiente, in fondo, ricordarsi come era apparso ai funerali del Console Bolognesi, il pomeriggio dello stesso giorno.

Non aveva mai voluto partecipare alle riunioni clandestine che nell'agosto passato erano state tenute piú volte a casa del Consigliere Nazionale Abbove, mandando anzi a dire agli ex camerati che lui non se la sentiva di intervenirvi perché – disse proprio cosí, testualmente – non intendeva rinnegare a cinquant'anni ciò che aveva fatto a venti. Ed ecco che infatti, mentre camminava alla testa dell'interminabile corteo, immediatamente dietro l'affusto di cannone su cui posava la bara del Console Bolognesi, e lanciava di continuo, in direzione delle case di corso Giovecca e di via Palestro – file e file di imposte chiuse –, occhiate cariche d'odio e di disprezzo: ecco là che sembrava tornato per miracolo, a non tener conto, si capisce, delle tempie grige, il giovane che era stato a vent'anni: snello, cioè, con addosso, nonostante il freddo, la sola camicia nera, e il berretto alla raffaella della Decima Mas calcato sulle ventitre. «Talpe maledette, marmotte, vigliacchi di borghesi! Vi farò vedere io... vi stanerò io...», minacciavano i suoi occhi furenti, le sue labbra arricciate. In piazza della Certosa, prima che il feretro del Console Bolognesi fosse introdotto in chiesa, egli aveva arringato la folla su questo tono: e la folla ascoltava, accalcandosi grigia, attorno, inerte; e lui a infuriarsi sempre piú, e proprio a causa, sembrava, di quell'inerzia.

«I corpi degli undici traditori fucilati in corso Roma all'alba di stamani», aveva urlato a mo' di conclusione, «non saranno rimossi che quando l'ordinerò io. Vogliamo essere certi, prima, che l'esempio abbia dato i frutti desiderati!»

Che cosa mancava, davvero, perché nel parossismo dell'ira si arrogasse addirittura il merito di aver fatto giustizia lui, con le sue stesse mani?

E di lí a poco, in corso Roma, quando era sopraggiunto improvvisamente a far scattare sull'attenti i quattro militi della Brigata Nera che montavano tuttora di guardia ai corpi dei fucilati: cosa mai bisognava dire del suo modo di comportarsi, che da principio era sembrato tanto in contrasto con quello di mezz'ora avanti, in piazza della Certosa, mentre poi, a ripensarci, valeva piú di cento confessioni messe insieme?

Scese dalla macchina rannuvolato, dando appena

un'occhiata ai cadaveri stesi sul marciapiede; e subito uno dei militi era avanzato di un passo, informandolo, con l'aria di compiacersi che fosse arrivato in buon punto, di quanto stava accadendo. Per tutta la giornata, riferiva il milite, loro quattro erano riusciti a tenere a bada la gente che pretendeva avvicinarsi. Piú di una volta, anzi, allo scopo di disperderli (si trattava con ogni probabilità dei familiari dei traditori: donne che urlavano e piangevano, uomini che imprecavano: non era stato mica facile, no, persuaderli a indietreggiare!), erano stati costretti a sparare in aria qualche raffica, con l'effetto di ricacciarli laggiú, agli opposti angoli di piazza del Duomo e di corso Giovecca, dove anche adesso, come il camerata Aretusi poteva constatare, c'era qualcuno che si ostinava a rimanere. Che cosa avrebbero dovuto fare, tuttavia, aggiunse il milite – e qui, levando il braccio, egli aveva indicato la finestra dietro i vetri della quale si intravedeva, immobile, la sagoma di Pino Barilari – con quel signore là, un bel tipo di incosciente, parola d'onore, che nessuna intimazione o minaccia, nessuna scarica di mitra, aveva persuaso a spostarsi di un solo millimetro? Forse era sordo. Comunque, se la saracinesca della farmacia, lí sotto il portico, non fosse risultata abbassata, uno di loro sarebbe certo salito a intimargli da piú vicino, con le buone o con le cattive, di togliersi di mezzo...

Di scatto, come se fosse stato morso da una vipera, Sciagura alzò gli occhi alla finestra che il milite gli indicava. Era ormai scuro, in istrada. Traboccando dalla Fossa del Castello, di minuto in minuto la nebbia infittiva. E per tutto corso Roma (lungo una fronte di almeno centocinquanta metri non si vedevano che buie finestre di uffici: banche, studi di avvocati, ecc.), era quella lassú, l'unica finestra illuminata.

Sempre guardando, Sciagura si lasciò sfuggire di tra le labbra contratte un'imprecazione soffocata, ebbe un gesto come di dispetto. Tornò poi a volgersi; e con voce mutata – una specie di mormorio impaurito – raccomandò ai quattro militi che di lí a venti minuti, quando fossero arrivati gli uomini che lui avrebbe mandato a rimuovere i cadaveri, li lasciassero pure fare, non si opponessero in nessun modo.

IV.

Ci si immaginava molte cose.

L'interno dell'appartamento sovrastante la farmacia, innanzi tutto, dove nessuno, in città, compresi gli amici di Loggia del defunto dottor Francesco, ai quali non era mai riuscito, secondo quanto risultava, di varcare la soglia del retrobottega, poteva dire di aver messo piede una volta sola. Una scaletta a chiocciola collegava il retrobottega col piano di sopra. Qui, oltre alla stanza da pranzo, al salotto di riguardo e alla camera da letto matrimoniale – e senza contare, s'intende, i vani di servizio – non doveva trovarsi che la stanzetta che Pino occupava da ragazzo, e dove, dopo la paralisi, egli era tornato probabilmente a dormire. Nessuno c'era stato, nessuno ne sapeva niente di preciso. Ma in realtà, a forza di pensarci, era come aver visto coi propri occhi una pianta dell'appartamento, o come addirittura esserci stati di persona. Da potere indicare a quale parete della stanza da pranzo fosse appeso il ritratto fotografico di Bilancino, montato in una pesante cornice dorata, dell'ottocento; o descrivere la forma del lampadario centrale, che faceva convergere sul panno verde del tavolo e sulle carte da gioco del solitario di ogni sera una luce bianca, fortissima; o raccontare dell'effetto che in simile ambiente facevano, sparsi qua e là, ma con maggiore frequenza, ad ogni modo, nella camera matrimoniale, i mobili e gli oggetti di gusto moderno introdottivi dalla moglie. E dopo ciò parlare a lungo, diffondersi sulla stanzetta attigua a quella matrimoniale (davano ambedue sopra un cortile interno), nella quale, appena cenato, Pino si ritirava unicamente per dormirci: con un lettuccio da ragazzo in un angolo, contro una parete una piccola scrivania, contro l'altra un armadio, e ai piedi del letto, ricoperta di stoffa scozzese a quadri rossi e blu, la grande poltrona a schienale che ogni mattina la stessa signora Anna trasportava nella stanza da pranzo, accanto alla finestra piena di sole, e su cui Pino sedeva poi fino a sera. Volendo, si sarebbero potuti nominare ad uno ad uno (ma anche questo era un modo per imprestare a Pino Barilari qualcosa della propria infanzia, della propria innocenza perduta), gli autori dei libri contenuti in una scansia a vetri che trovava posto a fianco della porta, presso il radiatore del calorifero. Salgari, Verne, Ponson du Terrail, Dumas, Mayne Reed, Fenimore Cooper, ecc. C'erano persino *Le avventure di Gordon Pym*, di E. A. Poe, in una edizione che mostrava in copertina il grande fantasma bianco armato di falce, ergentesi a picco sopra la minuscola scialuppa dell'esploratore: e quest'ultimo volume non stava con gli altri, bensí sul comodino accanto al letto, posato in modo che l'illustrazione della copertina non si vedesse (bastava capovolgere il libro: allora il fantasma bianco, anche se continuava a essere presente, *a esser lí*, non faceva piú paura!): insieme con l'album della collezione di francobolli, un fascio di matite colorate infilate dentro un bicchiere, un temperino da pochi soldi, una gomma da cancellare mezzo consumata...

Ci si immaginava tante altre cose.

«Dove vai?», aveva chiesto per esempio Pino, la sera del 15 dicembre 1943, levando il capo dal solitario.

La moglie si era alzata da tavola. Senza rispondergli, si dirigeva già verso la porta. Ed era stato dall'ombra del corridoio, dove si apriva la botola della scaletta a chiocciola, che gli era giunta la voce calma di lei.

«Dove vuoi che vada! Da basso, a chiudere...»

Forse egli non aveva ascoltato la radio, nel primo pomeriggio, con la trasmissione da Verona. Alle nove, comunque, quando i rintocchi dell'orologio del Castello si erano spanti sulla città con la dolcezza di una benedizione (*dan*, *dan*, *dan*: erano la neve e la nebbia, senz'altro, a propagarli cosí chiari: ma intanto, sotto quel suono, un altro ne cresceva: un rotolio lontano, di grossi motori in avvicinamento), alle nove pareva normale ritrovare Pino già rannicchiato nel suo lettuccio di ragazzo, con le coperte tirate fin sulle orecchie, profondamente addormentato. Lo si vedeva: proprio come se fosse dato di stargli a capo del letto, a guisa dell'angelo custode. Dormire, chiudere gli occhi al piú presto... Sentendo la moglie alzarsi da tavola per scendere giú in farmacia (c'era sempre da fare qualcosa, da basso: tirare i conti della giornata e, da ultimo, calare la saracinesca dall'interno); vedendola di spalle, sul punto di varcare la soglia della stanza da pranzo, cosí grande, bella e indifferente: a cos'altro, se non a questo, Pino avrebbe dovuto pensare? Cosa mai d'altro avrebbe potuto pretendere? Dormire, sí, chiudere gli occhi: e quella sera – avesse egli, o non avesse, ascoltato la radio nel pomeriggio – anche piú presto del solito.

Ci si figurava anche il resto, naturalmente; fino all'ultimo, e nei particolari piú minuti.

Gli undici uomini allineati in tre gruppi distinti contro il muretto della Fossa del Castello; l'andirivieni dei Legionari in camicia azzurra nello spazio compreso tra il portico del Caffè e il marciapiede opposto; la smorfia disperata dell'avvocato Fano, quando egli, un attimo prima della scarica, aveva gridato a Sciagura, intento un poco in disparte ad accendersi una sigaretta: «Assassino!» (l'urlo altissimo, atroce, era stato udito dall'interno di alcune case di piazza del Duomo e di corso Giovecca: a non meno, dunque, di cento metri di distanza); quella gran luce, poi, quell'incredibile chiaro di luna che da mezzanotte, girato improvvisamente il vento, aveva fatto di ogni pietra della città un pezzo di vetro o di carbone; e Pino Barilari, infine, che soltanto il grido dell'avvocato Fano era riuscito a strappare all'ultimo momento dal suo duro sonno di ragazzo, appiattato ora lassú, tremante sulle sue grucce, dietro le lastre della finestra sovrastante alla scena... E questo cosí, per mesi e mesi, per tutto il tempo che occorse alla guerra, dal dicembre del '43 al maggio del '45, per risalire adagio l'intera penisola. Come se l'immaginazione collettiva – allo stesso modo di chi, per punirsi, ogni tanto fa sanguinare una ferita malchiusa – avesse bisogno di tornare sempre là, a quella notte tremenda, e di rivedere uno per uno i volti degli undici fucilati, quali, nel momento supremo, solamente gli occhi di Pino Barilari avevano potuto vederli.

Vennero infine la Liberazione e la pace: e per molti di noi, per *quasi* tutti, l'ansia improvvisa di dimenticare.

Ma si può dimenticare? È sufficiente desiderarlo?

Bisognò che la gente aspettasse, ad ogni modo – e furono altri mesi di rovello, di chiusa impazienza, alla ricerca continua di un pretesto, di un'occasione di riscatto qualsiasi.

Finché nell'estate del '46, quando nel salone delle conferenze dell'ex Casa del Fascio, in viale Cavour, ebbe inizio il processo contro una ventina di presunti autori del massacro di tre anni prima – veneti la gran parte: pescati nel campo di concentramento di Coltano e nelle prigioni –; e quando, poi, rintracciato sotto falso nome in Toscana, nell'alberguccio di Colle Val d'Elsa, dove si nascondeva, dal giovane e attivissimo Segretario Provinciale dell'A.N.P.I. Nino Bottecchiari, anche Sciagura fece il suo ingresso nel gabbione degli imputati: quest'ultima, ad un tratto, parve l'occasione piú utile per mettere definitivamente una pietra sopra il passato. Verissimo, purtroppo – dicevano. Nessuna città dell'Italia settentrionale aveva dato maggior numero di aderenti alla Repubblica di Salò, nessuna borghesia era stata piú pronta a inchinarsi ai tetri vessilli, ai mitra e ai pugnali delle sue varie Milizie e Corpi speciali: Brigate Nere, Legionari della Decima, Paracadutisti o *Tupín* che fossero. (Non era un caso, infatti, se dal '45 Ferrara era amministrata dai soli comunisti, e se tante persone capaci, ancora nel fiore delle forze e dell'età, erano state praticamente escluse da ogni forma di vita politica!) Eppure sarebbe bastato poco perché l'errore di calcolo che tanti avevano compiuto sotto la pressione di avvenimenti eccezionali – quel semplice, umano errore di calcolo che i comunisti tendevano ora a trasformare in perpetuo marchio d'infamia – diventasse insieme col resto niente altro che un brutto sogno, un incubo orrendo da cui svegliarsi pieni di speranza, di fiducia in se stessi e nel futuro. Sarebbe bastata la condanna esemplare degli assassini, e di Sciagura in ispecie: e della notte del 15 dicembre 1943, di quella notte decisiva, fatale, sarebbe stato cancellato ben presto ogni ricordo.

Il processo andava avanti a rilento, nel caldo e nella noia, suscitando nel pubblico, che accorreva in gran folla ad ogni seduta, un senso crescente di inutilità, di impotenza.

Gli accusati, rinchiusi nel gabbione sistemato lungo un fianco della sala, fra due finestre, rispondevano l'uno dopo l'altro alla Corte, innervosita e messa a disagio dagli altoparlanti che il C.L.N. aveva fatto disporre nel viale sottostante, con diramazioni che arrivavano fino al centro, in pieno corso Roma, sempre le solite cose: che nessuno di loro aveva partecipato alla spedizione punitiva del dicembre '43, che nessuno di loro, anzi, era mai stato a Ferrara. Erano tanto sicuri di non aver nulla da temere, e di cavarsela, alla peggio, per insufficienza di prove, che qualcuno osava addirittura scherzare, fare dello spirito. Ci fu un tale, per esempio – uno di Treviso sui quarant'anni, bruno, coi capelli lunghi e riccioluti, la grossa mascella sporca di barba e, nonostante il caldo, un maglione nero accollato fin sotto il mento –, il quale disse che sí, a Ferrara una volta lui c'era stato: ma venti anni prima, in bicicletta, per trovarci la fidanzata. Battuta, questa, che strappò al Presidente, dal canto suo sempre disposto a sottrarsi a quell'aria di giudizio popolare, rivoluzionario, che si era voluto dare al processo, un sorriso arguto, tipicamente napoletano, di bonaria comprensione. (Se aveva acconsentito a tenere il dibattito lí, nei locali dell'ex Casa del Fascio, era stato unicamente perché la sede del Tribunale, semidistrutta da un bombardamento del '44, e in via di ricostruzione, non poteva tuttora essere adoperata!).

Quanto a Sciagura, non solo anche egli negava, come era da prevedersi, qualsiasi partecipazione diretta o indiretta al «fatto» del 15 dicembre '43; ma fin dal primo momento che i partigiani di Nino Bottecchiari l'avevano dato in consegna ai carabinieri, e questi, dopo averlo ammanettato, avevano messo lui pure dentro la gabbia, non si era lasciata sfuggire occasione per manifestare, insieme al piú vivo rispetto per la Corte chiamata a giudicare del suo «operato» (verso il «signor» Presidente si mostrava particolarmente ossequioso, quasi umile), il suo profondo disprezzo per la gente che, laggiú, gremiva lo spazio della sala riservato al pubblico, e nel comportamento della quale si potevano vedere gli effetti nocivi del «presente stato di cose». Era cosí, con l'odio fazioso, con la sete di vendetta che traspariva da ognuno di quei volti (molti li riconosceva: appartenevano a persone altrettanto pronte, «ieri», a battere le mani e a gridare evviva), era proprio con tali sistemi che si intendeva realizzare la tanto auspicata e auspicabile pacificazione dell'Italia? Era questo il clima di libertà che si era riservato alla Corte per porla in grado di emettere un giudizio sereno su un uomo come lui, reo soltanto di esser stato un «soldato al servizio di una Idea»?

Non erano che manovre divagatorie, lo si capiva bene; fumo negli occhi: per prender tempo e per impedire che il processo assumesse quel colore affatto penale da cui, era chiaro, egli aveva maggiormente da guardarsi.

«Io fui soltanto il soldato di una Idea», continuava a ripetere compiaciuto, «non lo sgherro di un sistema e nemmeno il servo dello straniero!»

Oppure, con tristezza:

«Adesso tutti dicono male di me!»

E non aggiungeva altro. Ma era come, ogni volta, se insinuasse che no, non si illudessero i suoi odierni persecutori di riuscire a far dimenticare, condannando lui, quello che ieri erano stati. Tutti, come lui, erano stati piú o meno fascisti: e nessun verdetto di tribunale avrebbe mai cancellato una verità come questa.

Di che cosa lo si incolpava, poi, dopo tutto? Di

aver fornito la lista delle undici persone fucilate la notte del 15 dicembre 1943, e di aver diretto personalmente l'esecuzione di quei «disgraziati», se non aveva capito male. Ma prove, occorrevano, non bastavano certo le semplici induzioni, per convincere un tribunale «serio», un tribunale «regolare», che lui, Carlo Aretusi, aveva compiuto realmente quelle due cose: steso la lista, e diretto la fucilazione. «Non si facciano chiacchiere sull'eccidio, perché di questo io assumo completa ed intera la responsabilità! », pareva che egli avesse detto, alcuni giorni dopo, a non ricordava piú quale assemblea plenaria degli azionisti della Cassa Agricola: e poteva anche darsi che tali, in quella o altra circostanza, fossero state le sue parole. Ma con questo? Ci volevano prove, ancora, e ancora prove. Perché le parole che lui poteva aver dette allora, ad altro non erano intese, «probabilmente», che a convincere i tedeschi sulla sincerità e fedeltà incondizionata dell'alleato meridionale. Dopo l'8 settembre – ormai si poteva ben dirlo! – i tedeschi erano diventati i veri padroni del Paese, e a loro, si sa, non sarebbe costato proprio nulla fare di ogni centro abitato un mucchio di macerie. Non erano dunque le parole, e dette per di piú in pubblico perché *altri* le sentisse e riferisse, quelle che contavano. Contavano le prove e i fatti. Contavano le medaglie da lui meritate nella prima guerra mondiale, combattendo quegli stessi tedeschi verso i quali, ora, lo si accusava di servilismo (lui, un Ardito del Piave!). E già che si era menzionata l'assemblea della Cassa Agricola, perché non ricordare, a questo proposito, che l'on. Bottecchiari, il socialista avvocato Mauro Bottecchiari, il quale faceva parte, come era ben noto, del Consiglio d'Amministrazione della medesima, era stato dimesso a Natale da via Piangipane per diretto intervento di lui, Carlo Aretusi? Anche la maestra Trotti, quella santa donna!, era stata liberata nella stessa occasione (non era colpa sua se di lí a qualche mese le S.S. tedesche l'avevano arrestata di nuovo e tradotta in quel carcere di Codigoro dove era poi morta): e peccato ora che non potesse, purtroppo, testimoniare in suo favore. Ma l'on. Bottecchiari sí, era ben vivo. E dunque: per quale ragione non si provvedeva a convocarlo subito in tribunale (una brava persona, l'on. Bottecchiari: lealissimo: e per questo anche lui, Carlo Aretusi, ne aveva sempre avuto il massimo rispetto, fin dai lontani tempi del '20, del '22!), invitandolo a dire sinceramente quello che sapeva? La verità era che il costume politico odierno – e cosí dicendo Sciagura guardava con intenzione verso Nino Bottecchiari, il nipote dell'onorevole, che non abbandonava un momento l'aula – era troppo peggiore di quello di una volta! E restava da dire, ancora, un'altra verità: che se adesso si voleva condannare lui, era soprattutto perché aveva assunto la reggenza della Segreteria Federale il giorno dopo l'assassinio del Console Bolognesi, non per altro. Era per questo motivo, « squisitamente politico », che si chiedeva adesso la sua pelle. Senonché un tribunale « serio », un tribunale « regolare », un tribunale che non si fosse lasciato influenzare dalle passioni di parte, avrebbe facilmente compreso, egli ne era certo, che quella benedetta carica di Reggente lui l'aveva accettata, allora, soltanto per impedire a tanti « estremisti », a tanti « facinorosi irresponsabili », di instaurare il regime del terrore. E difatti, quale era stato il primo provvedimento che lui aveva preso non appena assunta la carica, se non quello di restituire senza indugio le salme delle vittime alle rispettive famiglie?

Ogni tanto, a onor del vero, il Presidente si ricordava di interromperlo, richiamandolo blandamente all'ordine. E lui pronto a obbedire, ogni volta, staccando subito le mani dalle sbarre della gabbia a cui, parlando, finiva sempre con l'aggrapparsi convulso, a distogliere gli sguardi fiammeggianti dal fondo della sala, e a sedersi di nuovo sulla panca, in fila con gli altri imputati, qualcuno dei quali non dimenticava mai di stringergli la destra in silenzio. Ma erano tregue, tuttavia, che duravano poco. Perché alla prima parola del Pubblico Ministero che non gli andasse, o a qualche deposizione testimoniale che ritenesse contraria alla « verità dei fatti », o a un semplice mormorio del pubblico, ovvero, soprattutto, al minimo accenno che si facesse a una sua attiva partecipazione alla fucilazione della notte del 15 dicembre 1943, eccolo di nuovo scattare in piedi, tornare ad afferrarsi alle sbarre con impeto selvaggio, e a levare nella sala quella sua voce pesante e sgradevole da vecchio padrone che gli altoparlanti, di fuori, subito diffondevano per largo raggio sulla città.

« Fuori i testimoni! », urlava allora, come impazzito. « Vediamo chi ha il coraggio di affermare davanti a me una cosa simile! »

Ma tacque, di colpo, la volta che vide farsi largo tra la folla, aggrappandosi con una mano al braccio della moglie, con l'altra a un grosso bastone nocchieruto dal puntale di gomma (le gambe, magre come stecchi dentro i calzettoni delle brache alla zuava, gli uscivano, nello sforzo del passo, in una sorta di curiosi calci o falciate laterali), Pino Barilari in persona. Era stato Nino Bottecchiari a suggerire per lettera alla Corte di interrogarlo, dopo che una specie di deputazione composta da lui medesimo, dalla sindachessa Bettitoni, dal Federale comunista Alfio Mori, e dall'ing. Sears del Partito d'Azione, recatasi apposta in farmacia per convincerlo a presentarsi in tribunale, aveva dovuto, allo stesso modo che un tempo gli amici massoni del defunto dottor Francesco, arrestarsi di qua dal retrobottega. « Mio marito è ammalato, a letto con l'influenza », aveva detto la signora Anna, appoggiandosi stancamente allo stipite della piccola porta di là dalla quale, in una penombra da cantina, si intravedeva la scaletta di ferro, a chiocciola, che conduceva di sopra: ma con l'aria di scusarsi, per la verità (come si era sciupata, mio Dio, in quegli ultimi tempi: trascurata nel vestire, senza rossetto, certe occhiaie d'insonnia: una donna di quarant'anni!), quasi che fosse desolata di dover dire quella bugia. E subito, sicuro come sempre di aver compreso l'indispensabile, Nino Bottecchiari aveva sorriso.

Lo stesso sorriso ironico, da diplomatico che veda gli avvenimenti dar ragione ai propri calcoli e prendere la piega desiderata, aleggiava ora, in tribunale, sulle labbra del giovane Segretario provinciale dell'A.N.P.I. mentre egli osservava, da buona posizione, l'effetto che l'ingresso in aula di Pino Barilari aveva prodotto su Sciagura. Quest'ultimo si era tenuto zitto, difatti: immobile, come affascinato, non staccava un secondo gli occhi dal farmacista, al quale e alla moglie si stava cercando posto, frattanto, nel settore riservato ai testimoni. Si limitava a lisciarsi i capelli color grigio-ferro con la mano destra, secondo un moto lento, uniforme, meccanico. E insieme pensava, si capiva bene, non smetteva un momento di pensare.

Arrivò il turno di Pino Barilari. Sempre sorretto dalla moglie egli si fece avanti.

Giurò regolarmente, sebbene in un soffio.

Ma prima che, rispondendo alla domanda del Presidente, avesse pronunziato con chiarezza, quasi scandendola, quell'unica parola: «Dormivo», che d'un tratto, come la puntura di uno spillo in una vescica gonfia d'aria, aveva risolto in nulla l'enorme tensione generale; proprio quando, un attimo prima che aprisse la bocca, il paralitico aveva girato torno torno gli occhi spalancati (il silenzio era assoluto, nessuno respirava: anche la moglie, al suo fianco, si era curvata ansiosa a scrutargli il viso): proprio in quel punto, dal suo angolo, Nino Bottecchiari aveva veduto distintamente Sciagura rivolgere a Pino Barilari – l'unica persona, a Ferrara, che forse sapeva, l'unico testimone da cui adesso dipendeva la sua libertà, e magari la sua vita – qualcosa come una rapida, furtiva smorfia propiziatoria: e un ammicco, già, un impercettibile ammicco d'intesa.

V.

Per dire l'ultima parola sulla questione fu necessario attendere ancora qualche anno, tuttavia. Nel mentre, ognuno ebbe modo di riprendere il proprio posto. Pino Barilari alla sua finestra: ma diventato aggressivo e ironico, adesso, con un binocolo da montagna sempre a portata di mano, implacabile nella funzione che pareva essersi assunto di sorvegliante del passaggio lungo il marciapiede di fronte. E tutti gli altri, i vecchi insieme coi giovani (Sciagura compreso, naturalmente, per il quale il processo si era concluso con l'inevitabile assoluzione), ritornati a dividersi, sotto, i tavolini e le seggiole del Caffè della Borsa.

Nel '48, subito dopo le elezioni del 18 aprile, Anna Barilari abbandonò la casa del marito e iniziò le pratiche per la separazione legale. La gente pensava che sarebbe tornata a vivere in casa del maresciallo Repetto, in famiglia: ma si ingannavano.

Andò a stare da sola, in un piccolo appartamento in fondo a corso Giovecca, dalle parti della Prospettiva: due finestre a pianterreno che davano, difese da inferriate ricurve e sporgenti, direttamente sul marciapiede. E benché avesse ormai quasi trent'anni, e all'aspetto, formosa come era, ne dimostrasse anche di piú, ricominciò a girare in bicicletta come una volta, quando si tirava dietro i compagni di scuola piú fitti delle mosche, ed erano molti, in città, che ancora se ne ricordavano. Si era iscritta all'Accademia di Disegno (ci capitò due o tre volte), portava maglioni accollati che le mettevano in evidenza il petto prepotente, i capelli biondo-canapa buttati dietro le spalle, si tingeva in viso piú che mai. Voleva imitare le ragazze esistenzialiste di Parigi e di Roma, probabilmente. In realtà faceva la vita – assicurava chi era in grado di saperlo –, e senza nemmeno badare tanto per il sottile. Non sdegnava neppure – dicevano – di mettersi con qualcuno del forese piovuto a Ferrara per il mercato del lunedí: e infatti per questo, il lunedí, bazzicava cosí volentieri ristoranti e trattorie di San Romano! Vero è che ogni tanto spariva, per periodi di tempo che variavano da una settimana a venti giorni. Altre volte, invece, eccola apparire con qualche amica di fuori. Facevano una settimana o due di vita in comune, camminando a braccetto su e giú per corso Giovecca e corso Roma dalla mattina alla sera, e suscitando ad ogni passaggio sotto il portico del Caffè (l'altro marciapiede, quello opposto, lo lasciavano ovviamente a

Maria Ludargnani e alle professioniste di via Sacca e di via Colomba), ondate sempre rinnovantisi di interesse. Chi era mai quella brunetta dagli occhi maliziosi che l'Anna si tirava dietro? – si sentiva domandare da tutte le parti. Una bolognese? Una romana? Ma quest'altra con gli occhi azzurri, i lineamenti fini ed esangui, le scarpette basse senza tacco e quasi, pareva, senza suola, quest'altra, a meno che non fosse una straniera, francese, inglese o americana, non poteva essere che una fiorentina! Per sincerarsene, comunque, non mancavano mai i volonterosi che si spingessero la sera stessa fino in fondo alla Giovecca, andando a battere discretamente ai vetri del noto appartamentino. Non sempre entravano, specie d'estate. Restavano spesso a conversare dal marciapiede, attraverso le inferriate. Di modo che a passare da quei paraggi intorno alla mezzanotte, non era raro scorgere tre o quattro uomini sotto le finestre dell'ex signora Barilari (la luce del lampione piú vicino non raggiungeva il davanzale su cui ella appoggiava i gomiti: ma i suoi capelli, sempre piú ossigenati, sembravano splendere nell'oscurità per luce propria), fermi a parlottare nel buio con lei e con l'amica di turno.

Si trattava in genere di uomini fra i trenta e i quarant'anni, non pochi ammogliati e con figli. Conoscevano Anna da quando era ragazza, alcuni erano stati addirittura suoi compagni di scuola. Cosicché, piú tardi, quando verso l'una o le due tornavano a farsi vedere al Caffè della Borsa, e stanchi, accaldati, rimboccando le maniche delle giacche di tela, si buttavano a sedere attorno a un tavolino: era parlando di lei, soprattutto, e non tanto della sua ospite d'occasione, che facevano arrivare l'ora di andare a letto.

Non era davvero un carattere facile, quello dell'Anna! – sospiravano.

La cosa dipendeva forse dal fatto che fino a poco tempo prima era stata una signora per bene, e perciò si vergognava di darsi per denaro; o forse perché loro stessi non riuscivano a comprendere per quale ragione avesse scelto di umiliarsi cosí (questo voleva diventare: proprio una prostituta di mestiere?): per una ragione o per l'altra – dicevano – con lei non si sapeva mai che tono prendere. Si offendeva per niente. A parlarle dal marciapiede, sbatteva ogni momento la finestra in faccia, salvo però a riaprirla di lí a qualche minuto per poco che uno, invece che stringersi nelle spalle, mandarla al diavolo e andarsene per i fatti suoi, tornasse a bussare ai vetri e a fischiare. Ma anche a entrare in casa, la musica non cambiava. Alla fine, per esempio, non era mai chiaro se bisognava o non bisognava insistere perché accettasse qualcosa. E che dire dei lunghi preludi sentimentali (coi mediatori di terreni e coi mercanti del lunedí era sperabile che fosse piú sbrigativa!), a cui veniva obbligato ogni concittadino ed ogni ex compagno di scuola in particolare? Che dire del disagio che procurava il suo chiacchierio fitto, continuo, instancabile? Stava ancora rivestendosi, magari, e già tornava a raccontare di sé, di Pino Barilari (l'aveva lasciato, sí, ma non prima di averlo affidato a una governante!), degli anni che aveva vissuto col marito nell'appartamento sopra la farmacia, delle ragioni per le quali si era sposata, di quelle che poi l'avevano indotta a separarsi legalmente. Lei e il marito, il marito e lei: non parlava di altro. Dopo che gli era venuta la paralisi – diceva – aveva cominciato a tradirlo, si capisce, con questo e con quello. Lui era una specie di bambino, di bambino malato; o una specie di vecchio. E lei giovane, invece, poco piú che ventenne. La confusione della guerra, con gli allarmi, i bombardamenti, le paure di ogni genere, aveva fatto il resto. Ma gli aveva voluto sempre bene, a lui: come a un fratello minore. Se lo tradiva, lo tradiva di nascosto, con tutte le precauzioni che poteva, giusto perché lui non se ne accorgesse. E nemmeno tanto di frequente.

Era cosí tardi, quando si abbandonavano a riportare questi discorsi di Anna Barilari, corso Roma talmente silenzioso e vuoto, che le loro voci risuonavano come in una sala. Piú che qualche fischio di treno in distanza, e, ad ogni quarto, i colpi che l'orologio del

Castello lasciava cadere dalla cima della torre di fronte, altro non si sentiva.

Una notte, verso la fine di agosto del '50 (ma parlava sottovoce, questa volta, levando ogni momento gli occhi in su, come se temesse di essere ascoltato), uno di essi raccontò qualcosa di nuovo.

Poco prima – disse – egli si trovava con due amici comuni in casa dell'Anna Barilari. Quella sera Anna era stata particolarmente noiosa. Tanto che a un certo punto, infastidito di udirla ripetere le solite cose:

«Bel modo che avevi di voler bene a tuo marito», l'aveva interrotta. «Gli volevi bene, e poi andavi con chi ti faceva comodo. Sei sempre stata una gran pasticciona, va là!»

Era accaduto il finimondo.

«Vigliacchi! Spudorati! Uscite da casa mia!», si era messa a urlare.

Sembrava una furia. Anche l'altra ragazza, una di Modena, gridava che pareva la ammazzassero, chissà perché. Ma poi, a sentirsi chiedere scusa, si erano calmate tutte e due abbastanza presto. Ed ecco, piú o meno esattamente, ciò che era venuto fuori subito dopo dalla bocca di Anna.

A Pino lei aveva voluto sempre bene – ricominciò a dire col tono lamentoso che le era abituale. Ed anzi, fino a una certa data, l'accordo fra loro era stato perfetto.

Da quando non poteva piú camminare, egli passava le giornate alla finestra della stanza da pranzo, risolvendo ad uno ad uno tutti i giochi della «Settimana enigmistica» e degli altri giornaletti del genere, di cui era avidissimo. Non aveva niente da fare: questo spiega perché in breve, a forza di esercitarsi, fosse diventato di una bravura eccezionale in questo tipo di passatempi, con particolare riguardo delle parole incrociate e dei rebus a frase... E cosí, per farle vedere come era bravo, talvolta si trascinava sulle grucce fino alla scaletta a chiocciola che comunicava col retrobottega, e di lassú, sporgendosi dalla botola, si metteva a chiamarla: «Anna, Anna!»: con tanta impazienza e insistenza che lei, per quietarlo, doveva piantare immediatamente la cassa, salire di sopra, e aspettare che lui, mostratole il problema, alfine si decidesse, con gli occhi che gli brillavano di orgoglio, a rivelargliene la soluzione. Era lei che gli faceva le lunghe serie di iniezioni a cui, per la malattia, doveva spesso assoggettarsi. Lei che lo metteva a letto ogni sera, prima delle nove. Che importanza aveva se non dormivano piú assieme? C'era proprio bisogno di dormire assieme, per volersi bene? Lui non ci aveva mai tenuto molto, del resto, anche prima della malattia: da pensare anzi che in certo modo fosse contento, allora, di tornarsene nella cameretta dove stava da ragazzo... No, due potevano benissimo dormire insieme, eppure non amarsi affatto!

Era stato comunque a partire dalla notte del 15 dicembre 1943 – la notte famosa dell'eccidio, precisamente – che tutto, fra loro, era cambiato di colpo.

Dopo averlo messo a letto come ogni sera, lei era uscita di casa contando di essere di ritorno al massimo di lí a un'ora (con la scusa della farmacia, si era fatta fare un salvacondotto valido anche per eventuali coprifuochi). Non era passata nemmeno mezz'ora, invece, che era cominciata quella gran sparatoria per le strade: sparatoria che l'aveva costretta a rimanere nella casa dove si trovava – la casa di un tale, eh già, inutile fare nomi! – fino alle quattro del mattino successivo.

Cessati gli spari, si era precipitata subito fuori. Aveva risalito la Giovecca, completamente deserta, tutta di corsa. Soltanto quando era arrivata all'angolo di corso Roma si era fermata un momento per riprendere fiato. E mentre sostava, affannata, sotto un arco del portico del Teatro Comunale, proprio di lí, ad un tratto, ammucchiati lungo il marciapiede di fronte alla farmacia, aveva veduto i morti.

Ricordava perfettamente ogni particolare della scena, come se la vedesse ancora. Corso Roma deserto sotto la luna piena; la neve, indurita dal freddo, sparsa come una specie di polvere brillante su ogni cosa; cosí chiara e trasparente l'atmosfera da poter leggere le ore all'orologio del Castello, lí sopra – le quattro e ventuno, esatte –; e i cadaveri, infine, che dal punto dove lei li guardava assomigliavano a tanti fagotti di stracci, e invece erano corpi umani, l'aveva capito subito. Senza sapere quello che faceva, come affascinata, si era staccata dal portico del Teatro Comunale, avanzando in direzione obliqua verso di loro, allo scoperto.

Fu a mezza strada, quando ormai, in piena luce, si trovava a non piú di cinque o sei metri dal primo gruppo di fucilati, che il pensiero di Pino le aveva attraversato improvvisamente la testa. Allora si era voltata, di scatto. E Pino era lassú, immobile dietro i vetri della finestra della stanza da pranzo: un'ombra appena visibile che la guardava.

Erano rimasti cosí, a fissarsi per qualche secondo. Lui dall'oscurità della stanza, lei dalla strada. E intanto pensava: che cosa faccio, adesso?

Finalmente si era decisa a entrare in casa.

Mentre saliva la scaletta a chiocciola, cercava di pensare a ciò che avrebbe potuto dire. In fondo non sarebbe stato difficile inventare una bugia qualsiasi, e fare in modo che Pino ci credesse. Era un bambino, in fondo, e lei la sua mamma.

Senonché lui non le aveva permesso di dire nessuna bugia, quella volta. Nella stanza da pranzo, quando vi era entrata, Pino non c'era piú. Si trovava bensí nella sua cameretta, a letto, col viso rivolto verso la parete, le coperte tirate fin sopra le orecchie; e a giudicare dal modo come respirava, si sarebbe detto che dormisse. Svegliarlo, già: questo avrebbe dovuto fare! Ma se poi dormiva sul serio, ed ella, poco prima, dalla strada, non avesse avuto che un'allucinazione? Era possibile.

Nel dubbio, aveva richiuso adagio la porta ed era andata a gettarsi sul letto, in camera sua. Pensava che tra poche ore, se non dalle labbra di Pino, almeno dalla sua faccia avrebbe saputo la verità. E invece niente. Non una parola, da parte sua, non uno sguardo che le permettessero di capire. Né quella mattina, né mai.

E perché tutto questo, perché? Se era sveglio, quella notte, perché non aveva mai voluto ammetterlo, nemmeno in tribunale? Aveva paura? Ma di chi o di che, con precisione? In apparenza non era mutato nulla, nei loro rapporti. Eccetto che da allora, dopo il processo, essendogli venuta la mania del cannocchiale, passava le giornate cosí, sorvegliando il marciapiede di fronte, ridacchiando e borbottando tra sé: senza piú chiamarla di sopra, come usava una volta, per farle vedere come era bravo a risolvere i cruciverba e i rebus a frase.

Era diventato pazzo? Poteva darsi, con la malattia che aveva. Ma d'altra parte: come era mai possibile continuare a viverci insieme, senza che a poco a poco, anche lei, finisse con l'impazzire?

Appendice biobibliografica

Cronologia della vita e delle opere

1916 Nasce a Bologna il 4 marzo, benché la sua famiglia sia ferrarese da generazioni. Con i genitori Dora ed Enrico Bassani, agiati borghesi di origine ebraica, il fratello Paolo e la sorella Jenny trascorre infatti a Ferrara l'infanzia e l'adolescenza nella sontuosa casa di via Cisterna del Follo.

1934 Consegue la maturità classica presso il liceo «Ludovico Ariosto», stringendo amicizia con i futuri studiosi Claudio Varese e Lanfranco Caretti e lo scrittore Giuseppe Dessí.

1935 Si iscrive alla Facoltà di Lettere dell'Università di Bologna, dove frequenta Roberto Longhi, Attilio Bertolucci, Giorgio Morandi e Carlo Ludovico Ragghianti, sua futura guida nel Partito d'Azione.

1939 Si laurea in Lettere discutendo con Carlo Calcaterra una tesi su Niccolò Tommaseo.

1940 A causa delle leggi razziali antisemite pubblica privatamente, sotto lo pseudonimo di Giacomo Marchi, il suo primo libro, *Città di pianura*.

1943 In maggio viene arrestato e mandato in carcere per attività antifascista. Grazie alla caduta di Mussolini ottiene la libertà il 26 luglio, qualche giorno prima di sposarsi con Valeria Sinigallia: con lei si trasferisce a Firenze, dove è però costretto a vivere sotto falso nome.

1945 Dopo aver partecipato alla Resistenza esordisce come poeta con *Storie dei poveri amanti e altri versi*.

1947 Esce una seconda raccolta di poesie, *Te lucis ante*. Nel frattempo si è trasferito a Roma con la moglie e i due figli Paolo ed Enrico, dove svolge le attività di insegnante, bibliotecario e impiegato, oltre a tentare la via del cinema come sceneggiatore e attore: recita una piccola parte nel film di Luciano Emmer *Le ragazze di Piazza di Spagna*.

1948 È invitato dalla direttrice Marguerite Caetani a redigere la rivista letteraria «Botteghe oscure».

1952 Appare il volume di versi *L'altra libertà*.

1953 Diventa redattore del periodico d'arte e letteratura «Paragone».

1956 Anticipate di qualche anno dalla pubblicazione isolata dei racconti *La passeggiata prima di cena* (1953) e *Gli ultimi anni di Clelia Trotti* (Premio Veillon nel 1955), escono le *Cinque storie ferraresi*, con cui vince il Premio Strega. Fonda l'associazione «Italia Nostra», per cui ricopre nei successivi quindici anni il ruolo di presidente.

1957 Viene nominato vicepresidente della Rai.

1958 Esce il romanzo *Gli occhiali d'oro*. Collabora con l'editore Feltrinelli, convincendolo a stampare *Il Gattopardo* di Giuseppe Tomasi di Lampedusa, che ottiene immediato successo.

1960 Comincia con *Le storie ferraresi*, una versione accresciuta delle *Cinque storie* insieme ai racconti inediti *In esilio* e *Il muro di cinta*, il continuo lavoro di risistemazione della sua opera.

1962 Pubblica presso l'editore Einaudi la prima edizione de *Il giardino dei Finzi-Contini*, per il quale si aggiudica il Premio Viareggio. Collabora inoltre con numerose riviste, fra cui «Nuovi Argomenti», «Il Mondo», «La Fiera letteraria», «L'Approdo» e «Letteratura».

1963 Riunisce nel volume *L'alba ai vetri* le prime tre raccolte poetiche.

1964 Pubblica il romanzo *Dietro la porta*.

1966 Esce il primo volume contenente i suoi saggi critici, *Le parole preparate*.

1968 Pubblica il romanzo *L'airone*,, per cui l'anno seguente gli viene assegnato il Premio Campiello; riceve il prestigioso riconoscimento internazionale «Nelly Sachs» per l'opera complessiva.

1972 Appare la raccolta di racconti *L'odore del fieno*.

1973 Interamente riscritte, *Le cinque storie ferraresi* vengono pubblicate con il titolo *Dentro le mura*.

1974 Torna alla poesia con la raccolta *Epitaffio*. Esce *Il romanzo di Ferrara*, che raduna tutta l'opera narrativa a eccezione di *Città di pianura*.

1978 La raccolta di versi *In gran segreto* va ad arricchire la produzione poetica.

1980 Viene eletto presidente onorario di «Italia Nostra».

1982 Con il libro *In rima e senza* riepiloga la sua attività di poeta.

1984 Ordina per la seconda volta i suoi numerosi interventi di critica e saggistica nel volume *Di là dal cuore*.

Bibliografia

Su Giorgio Bassani.

Bàrberi Squarotti, Giorgio, *La narrativa italiana del secondo dopoguerra*, Cappelli, Bologna 1968, pp. 164-67.

Bertacchini, Renato, *Appunti sul semitismo di Bassani*, in *Figure e problemi di narrativa contemporanea*, Cappelli, Bologna 1961, pp. 301-38.

– *Le strutture ideologico-stilistiche di Bassani*, in *Cultura e società nel romanzo del novecento*, Sei, Torino 1976, pp. 111-12.

Dolfi, Anna, *Le forme del sentimento. Prosa e poesia in Giorgio Bassani*, Liviana Editrice, Padova 1981.

Ferretti, Gian Carlo, *Letteratura e ideologia. Bassani Cassola Pasolini*, Editori Riuniti, Roma 1964, pp. 17-161.

Grillandi, Massimo, *Invito alla lettura di Bassani*, Mursia, Milano 1976.

Limentani, Alberto, *La narrativa di Giorgio Bassani*, in «Studi novecenteschi», VIII, 21 giugno 1981.

Luti, Giorgio, *Cinquant'anni di narrativa*, in *Narrativa italiana dell'ottocento e novecento*, Sansoni, Firenze 1964, pp. 294-96 e 343-345.

Oddo De Stefanis, G., *Bassani entro il cerchio delle sue mura*, Longo, Ravenna 1981.

– *Descrizioni di descrizioni*, Garzanti, Milano 1996, pp. 344-49 e 435-40.

Pullini Giorgio, *Il romanzo italiano del dopoguerra*, Marsilio, Padova 1965, pp. 177-79 e 183-92.

– *Giorgio Bassani*, in *Volti e risvolti del romanzo italiano contemporaneo*, Mursia, Milano 1971, pp. 99-111.

Tondelli, Pier Vittorio, *Cabine! Cabine!*, in *Un weekend postmoderno*, Bompiani, Milano 1993, pp. 491-95.

Varanini, Giorgio, *Giorgio Bassani*, La Nuova Italia, Firenze 1970.

AA.VV., *«Il romanzo di Ferrara». Contributi su Giorgio Bassani*, a cura di A. Sempoux, Un. de Louvain 1983. (Atti di un convegno tenutosi nel 1981).

Su «Una notte del '43».

Bonaventura, Ignazio, *La lunga notte dei falsari*, in «Meridiano d'Italia», ottobre 1960.

Due storie di guerra, in «Corriere meridionale», maggio 1961.

Pullini, Giorgio, *Due storie di guerra*, in «Comunità», marzo 1961.

«Una notte del '43», in Settimana Incom Illustrata, Torino s. d.

Vancini, F., *La lunga notte del '43*, in «Baita», 12 novembre 1960.

Zanotto, Piero, *«Una notte del '43» di Giorgio Bassani*, in «Primi piani», dicembre 1960.

Stampato per conto della Casa editrice Einaudi
presso Mondadori Printing S.p.A., Stabilimento N.S.M., Cles (Trento)
nel mese di gennaio 2003

C.L. 16392

Edizione									Anno		
1	2	3	4	5	6	7	8	2003	2004	2005	2006